Cows Can't Jump

Las vacas no pueden saltar

por Dave Reisman

Ilustraciones de Jason A. Maas

JumpingCowPress.com

JUMPING COW PRESS

Para Isaac, Rachel, Eli & Emma
Con amor,
DR

Published by Jumping Cow Press
P.O. Box 2732
Briarcliff Manor, NY 10510

© 2022 Jumping Cow Press
All rights reserved
JumpingCowPress.com

All text, characters and elements are trademarks of
Jumping Cow Press

ISBN 13: 978-0-9801433-6-2
ISBN 10: 0-9801433-6-5

Fifth Paperback Edition
October 2022

Printed in China

Las vacas no pueden saltar...
Cows can't jump...

...pero pueden nadar.
...but they can swim.

Los gorilas no pueden nadar...
Gorillas can't swim...

...pero pueden columpiarse.
...but they can swing.

S

Las jirafas no
pueden columpiarse...
Giraffes can't swing...

6

...pero pueden galopar.
...but they can gallop.

Las serpientes no pueden galopar...
Snakes can't gallop...

...pero pueden deslizarse.
...but they can slither.

Los toros no
pueden deslizarse...
Bulls can't slither...

...pero pueden salir
en estampida.
...but they can stampede.

Los canguros no pueden salir
en estampida...
Kangaroos can't stampede...

...pero pueden brincar.
...but they can hop.

Las tortugas no pueden
brincar...
Turtles can't hop...

...pero pueden zambullirse.
...but they can dive.

Los murciélagos no pueden
zambullirse...
Bats can't dive...

...pero pueden volar.
...but they can fly.

Los cerdos no pueden volar...
Pigs can't fly...

...pero pueden revolcarse.
...but they can wallow.

Los gatos no pueden
revolcarse...
Cats can't wallow...

...pero pueden lanzarse.
...but they can pounce.

Los peces
no pueden
lanzarse...
Fish can't
pounce...

...pero pueden
arrojarse.
...but they can
spring.

23

Los patos no pueden arrojarse...
Ducks can't spring...

...pero pueden mecerse al caminar
...but they can waddle.

Los ratones
no pueden
mecerse al
caminar...

Mice can't
waddle...

26

...pero pueden escabullirse.
...but they can scurry.

Los caballos no pueden
escabullirse...
Horses can't scurry...

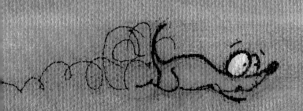

...pero pueden trotar.
...but they can trot.

Las ardillas no pueden trotar...
Squirrels can't trot...

...pero pueden planear.
...but they can glide.

Los mapaches no pueden
planear...
Raccoons can't glide...

...pero pueden escalar.
...but they can climb.

34

...pero pueden pisotear.
...but they can trample.

Las lagartijas no pueden pisotear...
Lizards can't trample...

...pero pueden brincar.
...but they can leap.

Los perezosos no
pueden brincar...
Sloths can't leap...

38

...pero pueden dormir.
...but they can sleep.

¡Visite el sitio web de Jumping Cow Press para nuestra tienda, recursos de aprendizaje imprimibles gratis y más!

www.jumpingcowpress.com

Disponibles en tapa blanda, tapa dura y en formato digital.

Visit the Jumping Cow Press website for our shop, free printable learning resources and more!

www.jumpingcowpress.com

Available in Paperback, Stubby & Stout™ and eBook Formats